अन्तर्वेदना

(काव्य संग्रह)

डॉ रीता सिंह

साहित्यपीडिया पब्लिशिंग

साहित्यपीडिया पब्लिशिंग

नोएडा (भारत) – 201301

दूरभाष - (+91)-961-806-6119

ईमेल - publish@sahityapedia.com

वेबसाइट - publish.sahityapedia.com

प्रथम संस्करण - 2018

ISBN - 978-81-937022-3-9

गुरु वंदन

सूरज के प्रकाश सा, गुरुवर का आशीष।
जिनकी छाया में हुए, नटखट भी जगदीश।

गुरु चरण रज पूजनीय, करती स्वर्णिम माथ,
जिसकी आभा से बने, पुरुषोत्तम दीनानाथ।

मातृ वंदन

माँ तेरी ममता सदा, है जग में अनमोल।
यह देवी उपहार सम, कोई सके न तोल।।

मातृ चरणों में सदा, बसते चारों धाम।
वर भी उससे है मिला, ममता जिसका नाम।।

कनक रजत मिट्टी दिखे, जहाँ न माँ का गान।
उसके आँचल के तले, बढ़ती जाती शान।।

-डॉ रीता

भूमिका

कविता सरिता भाव की
कहे हिय उद्गार,
लहरों सी शीतल करे
गाती मन का सार।

अपने परिवेश में व्याप्त संगतियों या विसंगतियों की अन्तःकरण से अनुभूति है मेरी यह सहज भावों से युक्त काव्याभिव्यक्ति 'अन्तर्वेदना'। इसके प्रथम भाग में समाज के विभिन्न वर्गों में नारी अस्तित्व के प्रति किये जाने वाले व्यवहार व समाज में उसके स्थान की प्रतिक्रिया में वेदना के स्वर अन्तः भाव से प्रस्फुटित हुए हैं। हमारे सामाजिक परिवेश में जहाँ एक ओर नारी को देवी मानकर उसकी चरण वंदना होती है वहीं दूसरी ओर कोख में ही उसकी हत्या उसे जीवन के अधिकार से ही वंचित कर दुनिया में आने से रोक देती है। सभ्य कहे जाने वाले मानव का यह कृत्य उसे देवी तो दूर इंसान रूप में जन्म लेने का अवसर तक प्रदान नहीं करता। बेटी भ्रूण हत्या जैसा अपराध मनुष्य जाति में नारी को एक इंसान रूप में स्वीकार न करने का द्योतक कहा जा सकता है।

यह काव्यपुँज 'नेह की पीड़ा' के रूप में व्यक्त करता है गोपियों के कृष्ण से भौतिक रूप से अलग होने के बाद उनकी मधुर स्मृतियों से प्राप्त

होने वाले असीम आनंद को। कथित रूप में अपने पिय से वियोग वेदना के अतिरिक्त कुछ नहीं प्रदान करता, लेकिन गोपियाँ तो उस वियोग में ही अपने आराध्य मनोहर के साथ व्यतीत किये गये संयोग के पलों की स्मृति में ही सुख की अनुभूति करती हैं। गोपी तो कान्हा की वियोग वेदना में डूबकर भी आनंदित है। कृष्ण और गोपी के ऐसे ही आत्मिक नेह बंधन की अभिव्यक्ति है 'नेह की पीड़ा'।

देशभक्ति एक ऐसी ज्योति है जो देश के प्रति हमारे कर्तव्य पथ को प्रकाशित करती है। देश के स्वतंत्रता समर में देशभक्ति की यह ज्योति जब असंख्य साहसी सपूतो के हृदयों में प्रज्वलित हुई तो उन्होंने अपने प्राणोत्सर्ग करके अपनी मातृभूमि को दासता की बेड़ियों से मुक्त कर देश की आज़ादी का मार्ग प्रशस्त किया। देशभक्ति की पावन भावना, मातृभूमि से जननी से भी बढ़कर प्रेम, राष्ट्र के सांस्कृतिक मूल्यों में असीम विश्वास रखते हुए भारत के वीर सपूतों ने आज़ादी का समर जीता। देश विभाजन के दर्द के साथ आज़ाद हुआ। वही दर्द इस नव स्वतंत्र देश में अनेक समस्याओं का कारण बनता गया। आज़ादी की शताब्दी से पूर्व ही देश तुष्टिकरण की राजनीति से ग्रसित हो गया है। अनेक समस्यायें जैसे - आतंकवाद, साम्प्रदायिकता, जातिवाद, भ्रष्टाचार, अधिक जनसंख्या, बेरोजगारी आदि देश के विकास में बाधक हो रही हैं। भोग मानों योग की संस्कृति पर हावी हो रहा है। देश की नव पीढ़ी पूरब - पश्चिम की संस्कृति में उलझी नजर आती है। इन सब स्थितियों के बाबज़ूद भी देश कथित रूप में आगे बढ़ रहा है और प्रगति भी कर रहा है। देश के प्रति कुछ ऐसे ही

भावों की अभिव्यक्ति करता है कविता संग्रह का भाग - ३ 'देश मेरा है बड़ा निराला'।

माँ है तो यह संसार है। माँ ही इस सृष्टि के भौतिक व नैतिक आधार की कारक है। वह जन्म देती है तो जग की रचना होती है। वह ममता रो सींचती है तो मनुष्यता का वृक्ष पनपता है और सभ्य मानव समाज का निर्माण होता है। माँ ही है जो मानवीय संपूर्णता की जननी है। माँ के विषय में और क्या कहूँ, 'माँ तो बस माँ होती है' माँ की इस अवर्णनीय महानता को समर्पित है भाग - ४ 'ममता के स्वर'।

ईश्वर से प्रार्थना है कि मेरी यह चार अलग अलग भागों में प्रवाहित काव्य सरिता अपने सहज प्रवाह से पाठक के भावों को स्पर्श करने में सक्षम हो और सभी का स्नेहाशीष प्राप्त करे।

स्नेहाभिलाषी,

डॉ रीता सिंह

एफ - 11, फेज़ – 6

आया नगर, नई दिल्ली- ११००४७

मोबाइल नं. - ९७५९७४८६७३

आभार

माँ सरस्वती की विशेष कृपा, माता पिता, गुरुजन और सभी बड़ों के आशीर्वाद, मेरे जीवन साथी श्री हेमेन्द्र कुमार, पुत्र कुशाग्र चौहान, भाई - बहनों, प्रिय मित्रों व शुभचिंतकों की शुभकामनाओं व प्रेरणा से मैं यह काव्यपुँज ' अन्तर्वेदना ' के रूप में प्रकाशित करवाने का साहस जुटा पायी हूँ। आप सभी के प्रत्यक्ष व अप्रत्यक्ष सहयोग के लिये मैं हृदय से आभारी हूँ। सभी आत्मीय स्वजनों को अपनी यह प्रथम काव्य कृति समर्पित करते हुए मुझे अपार हर्षानुभूति हो रही है। आशा करती हूँ कि मेरे इस पहले प्रयास को सभी साहित्य प्रेमियों का प्रोत्साहन रूपी आशीष प्राप्त होगा।

स्नेहिल आभार सहित,
डॉ रीता सिंह

अनुक्रम

भाग – १
अंतर्वेदना

१) बेटी की महिमा

सूखा पीड़ित इक नगरी में
बेटी ने है अवतार लिया,
धरती माँ से जीवन पाकर
जनता का उद्धार किया।

अन्न जल बरसा जनकपुरी में
पिता जनक को मान दिया,
पितृ वंश की पहचान बनी
जानकी उसने नाम लिया।

राजा कुंतीभोज सदा ही
कुंती पर गर्वित होते थे
जिसके सेवा शील गुणों से
दुर्वासा प्रसन्न होते थे।

दे दी शक्ति जिसे मुनिवर ने
देवों के भी आह्वान की
वो राजकुल - कुमारी कुंती
बनी निर्मात्री पांडुकुल की।

यज्ञ से उत्पन्न याज्ञसैनी
राजा द्रुपद की बेटी थी
कुरूवंश की कुरूपता की
वही प्रमुख संहारक थी।

कर प्रतिज्ञा अधर्म नाश की
भगवन का उसने नाम लिया,
रक्षा कर नारी सम्मान की
प्रभु ने उसको मान दिया।

राजर्षि अश्वपति की सुकन्या
सावित्री अटल व्रतधारी थी,
यमदेव की अमिट नियमावली
उसके ही समक्ष हारी थी।

हर युग में हर काल में
बेटी ने पहचान बनायी है,
त्रेता, द्वापर से कलयुग तक
बेटी की महिमा छायी है।

वेद, पुराण और महाकाव्यों ने
बेटी की महिमा को गाया,

बड़ा अभागा वह समाज जो
गुण बेटी के जान न पाया।

२) आओ रोपें इक तरुवर हम

आओ रोपें इक तरुवर हम
अपनी प्यारी तनुजा के नाम
सींचें उसको नित्य प्रेम से
आएगा वह सबके काम।

प्रेम नीर से सिंचित तरुवर
बेटी सम परवाह करते हैं,
ताप घना सहकर भी वे
शीतल छाया देते हैं।

हर संताप बंजर धरती का
स्वच्छ बयार बहाते हैं,
पुष्पित होकर वे सदा ही
सुरभित जग कर जाते हैं।

३) मैं भी एक इंसान हूँ

न मैं दुर्गा,न मैं लक्ष्मी,
न देवी कोई महान हूँ,
नारी रूप में धरती पर,
मैं भी एक इंसान हूँ।

न अनोखी शक्ति मुझमें,
न देवीत्व कोई समाया है,
एक आम जन सा ही ईश्वर ने,
मुझको भी इंसान बनाया है।

मैं नहीं चाहती पूजी जाऊँ,
क्यों देवी बनकर भोग लगाऊँ?
बस चाहती हूँ इंसान रूप में
सभी सम्मान पुरुष सम पाऊँ।

सभी देशों में सभी धर्मों में,
कमजोर कभी न समझी जाऊँ,
गर्भ से लेकर अंतिम साँसों तक
इंसान के सारे हक मैं पाऊँ।

न कोख में मरने का डर हो
स्वागत मेरा भी हँसकर हो,
न किसी के मन में संशय हो
न साँझ ढले चलने में भय हो।

न माँ को चिंता कोई सताये
न सड़कों से कुनजर कोई आए,
ऐसा सुखद समय बस आए
सब पौरुष मन पावन हो जाएँ।

೮ೞ

४) अंतर्वेदना

बहुत रोई थी
उस दिन मेरी संवेदना
जब मेरी माँ ने
मेरी होने वाली बहन को
उसके जन्म लेने से पहले ही
अपने गर्भाशय की छोटी सी
दुनिया से निकाल
चिर् स्थाई नींद में सुला दिया था।
मैं सपने संजोये बैठी थी
उस सचमुच की

भावी गुड़िया के साथ
गुड़िया- गुड्डा खेलने के।
मैंने अपने सभी खिलौनों में से
कुछ प्रिय खिलौने उसके लिए
अलग निकाल कर रख दिए थे,
जैसे वो ढम ढम करता हुआ बंदर,
हाथ ऊपर उठाकर नाचता हुआ भालू,
छोटे - छोटे बर्तनों वाला किचन सैट........आदि
किंतु ये क्या!
मुझे असीम प्यार देने वाली
मेरी माँ ने ही
पारंपरिक अंधविश्वासयुक्त महत्वाकांक्षा के आगे
मेरे पूरे होने जा रहे
भावी सपनों को
यूँ ही टूटने
और बिखरने दिया।

५) नारी सम्मान का यथार्थ

सुना है मेरे देश का समाज
प्रगति कर रहा है,
वह बेटी बचाओ,बेटी पढ़ाओ
के गीत गा रहा है,

उन्हें खूब पढ़ो खूब बढ़ो के आशीष दे रहा है,

ऐसे ही अनेक नारों में बेटियों पर प्यार लुटा रहा है,

सुनने में यह मंत्र

सबको ही बड़ा लुभा रहा है,

पर भीड़ भरी सड़कों से और चौराहों से निकलते हुए

हकीकत सामने आ ही जाती है

जब छोटी छोटी कहा सुनी के अपशब्दों में एक दूसरे की

माँ – बहन और बेटियाँ निकृष्टता से प्रयोग की जाती हैं।

रास्ते से गुजरते हुए

एक आदमी से दूसरे आदमी की

माँ बहन बेटी का यह

वाचनिक अपमान

दिन भर में

न जाने कितनी बार

कानों में पड़ता है!

यह सब सुनकर

मन विचार करता है कि

क्या यही है मानव की तरक्की

और औरत की बढ़ती शक्ति?

मुझे तो लगता है

सड़क और चौराहों की भीड़ में

उलझे आदमी की मानें तो

औरत में भले ही कितनी शक्ति हो

पर उसका अपना कोई अस्तित्व नहीं

वह तो जैसे आदमी से जुड़ा सिर्फ एक तत्व है
जिसे एक आदमी दूसरे पर
क्रोध में
अपशब्दों के रूप में
बड़ी आसानी से प्रयोग कर सकता है,
समाज में जब यह परिदृश्य देखती हूँ
तो लगता है कि
जब बोल चाल की भाषा में
आपसी झगड़ों में ही हम
माँ बहन बेटी को
सम्मान नहीं दे सकते
तब इन सब बड़े नारों
या योजनाओं का क्या औचित्य?
चाहती हूँ समाज में उसका सार्थक सम्मान हो
अपशब्दों में न उसका नाम हो,
किसी एक के द्वारा दूसरे की
माँ बहन का न कहीं अपमान हो,
जिससे सारी योजनाएँ,
दीवारों पर सजे पोस्टर
और सभी नारे
सार्थक और यथार्थ हों।

℅

६) ममता बेटी बिना न पूरी

ममता बेटी बिना न पूरी।
मॉ की रहती आस अधूरी।।

बेटी ही घर का गहना है।
बिन बेटी आँगन सूना है।।

उत्सव बेटी बिना अधूरे!
बिन बेटी संस्कार न पूरे!!

बेटी है मॉ की परछायी।
बेटी कैसी हुयी परायी।।

बेटी तो अभिमान पिता का।
बेटी ही सम्मान पिता का।।

बेटी तो घर को महकाए।
बिन बेटी सूना हो जाए।।

बेटी मात- पिता की पूरक।
बेटी घर की बडी जरूरत।।

७) अभिलाषा

इक सुंदर संदेश लिए मैं
धरा पर खिलना चाहती हूँ,
पुष्पित होकर इस दुनिया में
मैं भी महकना चाहती हूँ।

खिलने की एक आस लिए
करबद्ध हूँ मैं मानव तेरे,
सुमन रूप में जब मैं आऊँ
मिटा न देना जीवन को मेरे।

अभिलाषा नन्हीं सी मन में
प्रेम महक जग में फैलाऊँ,
हृदय कोमल रहें सभी के
ऐसा सारा जहाँ बनाऊँ।

८) ग़ज़ल

दाद उसने भी ख़ूब पाई है
टूटे रिश्तों में जान लाई है।।

उसने सोचा नहीं कभी यह भी
किसमें क्या कौन सी बुराई है।।

दुनिया वालों को नाज़ है उस पर
उसकी मेहनत जो रंग लाई है।।

कुछ ग़ुमां तक नहीं बुलंदी का
रस्मे-दुनिया सदा निभाई है।।

नाम चलता रहेगा सदियों तक
इतनी इज़्ज़त बटोर लाई है।।

ग़म न कर मात भारती *रीता*
आज बेटियाँ ध्वजा उठाई है।।

९) प्रतीक्षा सिर्फ तुम्हारी है

ओ भारत की भावी नारी!
बहुत सो चुकी अब तो जागो,
ये प्रातः तुम्हें सजानी है।

मत बोझ बनो तुम परिवारों पर
सिर्फ भार बनो मत तुम धरती पर
सीखो मत सिर्फ बंधन में रहना,
लक्ष्य बना लो कुछ करके है दिखलाना
इस युग को प्रतीक्षा सिर्फ तुम्हारी है।
ओ भारत की भावी नारी .....

क्यों सहती हो कष्टों को तुम,
क्या सहना ही तुम्हारा जीवन है
कम करो सहनशीलता अपनी,
भावना लाओ मन में कुछ करने की,
इस युग को प्रतीक्षा सिर्फ तुम्हारी है
ओ भारत की भावी नारी ....

बहुत रो रही है यह भारत माँ तुम्हारी
भ्रष्ट हो रही हैं इसकी संताने सारी

सीता और जीजाबाई सी माँ
एक बार फिर बन जाओ तुम
लव कुश और वीर शिवा सी
इनकी सीख सिखाओ तुम।
इस युग को प्रतीक्षा सिर्फ तुम्हारी है।

ओ भारत की भावी नारी!
बहुत सो चुकी अब तो जागो
ये प्रातः तुम्हें सजानी है।

☙

१०) बेटी जग का अंश महान

बेटी सावित्री सी है अटल
बेटी गंगा सी है अविरल।
बेटी शारदा सी उज्ज्वल,
बेटी अवनी सी सुजल सुफल।

देख अकालग्रस्त नगरी को
बन जाती सीता सी निर्मल
मिटा संताप जनकपुरी के
सूखे में है बरसाती जल।

गार्गी सी वह दृढ़ संकल्प
शास्त्रों को पढ़ने में सफल
बड़ी बड़ी विद्वान सभा में
शास्त्रार्थ करती है अविचल।

बेटी से मिलता है सम्मान
बेटी पिता का इक अरमान
बेटी से सजता है जहान
बेटी जग का अंश महान

११) नारी युग निर्मात्री

नारी है युग निर्मात्री,
यह नारी शक्ति वरदान।
ठहर न पाये दुःख वहाँ
जहाँ उसका हो सम्मान।

धैर्य धरा सा है उसमें,
सागर सी गहराई भी।
बहती भाव सरिता जैसी

शिखरों सी ऊँचाई भी।

घर का गहना है नारी,
उससे ही घर सजता है।
गृह - मंडल की केंद्र वही
उस पर ही घर टिकता है।

१२) जिस आँगन नहीं होती बेटी

जिस आँगन नहीं होती बेटी
वह कितना सूना होता है!
कोई पर्व सुहाना नहीं होता है
न उत्सव मस्ताना होता है।।

दीवाली पर बिटिया ही
दीप सजाया करती है,
होली पर भी बिटिया ही
घर में रंग भरती है।।

चैत्र और शरद दोनों में
बेटी से उत्सव होता है,

सावन और कार्तिक में उससे
भैया का मस्तक सजता है।।

बेटी घर को घर बनाती
दीवारों को जीवन देती है,
दुआ से भरती है घर को
बदले में कुछ नहीं लेती है।।

जिस घर में नहीं होती बेटी
वहाँ दुआएँ कौन करता होगा?
निःस्वार्थ भाव से मात पिता को
कौन भला चाहता होगा?

बहनें नित आशीष-दुआएँ,
भइयों को ही देती हैं,
उनके दुःख सन्ताप बलाएँ
पल भर में हर लेतीं हैं

℘

१३) क्यो नारी को अबला कहकर

क्यों नारी को अबला कहकर
धरती का मान घटाते हो!
सहनशीलता गुण नहीं बलहीनों का
जिसे हर नारी ने अपनाया,
प्यार दुलार ममता का अर्थ
मानव को
नारी ने ही समझाया,
जिस मातृ वृक्ष की छाया में
पालन हुआ तुम्हारा,
राखी बाँध कलाई में जिसने
तुम्हें स्नेह दे सँवारा,
बेटी बन जिसने सदा
सहेजा मान तुम्हारा
जीवन संगिनी बनकर जिसने
दिया हर पल तुम्हें सहारा,
फिर क्यों उसके अरमानों की
जीवित चिता जलाते हो।
क्यों नारी को अबला कहकर
धरती का मान घटाते हो।

౪

१४) सुमन हूँ मैं

सुमन हूँ मैं
महक अपनी बिखेर जाऊंगी।
अस्तित्व भले ही मिट जाए
पहचान अपनी छोड़ जाऊँगी।

कौन हूँ मैं यहाँ?
भले ही कोई न जाने
किंतु, कौन थी मै
यह बता कर जाऊँगी।

संदेश सुगंध भर आँचल में
धरा सुगंधित करने आयी
कोमल स्मित लिये अधरों पर
मधुर भाव समा जाऊँगी।

੪੩

१५) बेटी नहीं है धन पराया

बेटी नहीं पराया धन है,
उसको भी माँ ने है जाया
जाने किसने भेद बना यह,
बेटी को कह दिया पराया।

सुत सम जन्म लिया उसने भी,
माता ने पय पान कराया,
पालन-पोषण मिला एक सा
वह भी मात-पिता की छाया।

मधुर चहक बनकर आँगन की,
घर का हर कोना चहकाया,
लक्ष्मी बनकर हुई अवतरित,
फिर क्यों वह धन हुई पराया?

૦૪

भाग – २
नेह की पीड़ा

१) नेह

नेह की परिभाषा क्या है?
नेह की अभिलाषा क्या है?

नेह बगिया में खिलता फूल
नेह मानव की प्यारी भूल।
नेह ही नेह का है अहसास
नेह,अतृप्त रहने वाली प्यास।

नेह है निधियों का एक रूप
जिसकी हर प्राणी को तृष्णा,
नेह है एक राधा नाम
जहाँ सदा बसते हैं कृष्णा।
नेह माँ की ममता की छाँव
नेह पापा का आशीर्वाद,
नेह भाई – बहन का प्यार
नेह है दुनिया का आधार।

नेह मन से मन का है जोड़,
नेह जन्म जन्मान्तर की डोर।
नेह बिना जीवन अपूर्ण

नेह नेह से मिलकर पूर्ण।

नेह गौरी शिव का मिलन
नेह राम सिया का धन,
नेह राधा कृष्णा का नाम
नेह कमला विष्णु का धाम।

नेह का नेह से मिल जाना
नेह की सच्ची परिभाषा है।
नेह का हर घर बस जाना
नेह की ये ही अभिलाषा है।

☙

२) कह रही बाँसुरी मोहन से

तेरे अधरों की प्यासी हूँ
कह रही बाँसुरी मोहन से।
छेड़ो इक मधुर तान साँवरे
गूँज उठे धरा गगन गाँव रे
कामना यही है सदियन से।
कह रही बाँसुरी मोहन से।

तेरे कोमल कर स्पर्श ने
नव जीवन संचार किया रे
तेरी साँसों से मिल उसने
अँचल में गुँजार किया रे,
गीत यही गाती सखियन से
कह रही बाँसुरी मोहन से।

मोहन मेरे अब आ जाओ
खुशियाँ जीवन में ले आओ
त्रास जगत के सभी मिटाकर
इसको मधुवन सा महकाओ,
राह निहारूँ मैं अखियन से
कह रही बाँसुरी मोहन से।

℘

३) गोपी दर्शन प्यासी हैं

रम गये कान्हा राज पाट में
गोपी दर्शन – प्यासी हैं,
मिलना कैसै होगा उनसे
जिनकी वो अभिलाषी हैं।

सखा तुमको समझा कान्हा
योग हमें सिखाओ न,
कुछ हमरे मन की सुन लो
कुछ अपनी हमें सुनाओ न।

अर्पित तुमको प्रेम सुमन हैं
करते क्यों स्वीकार नहीं,
आ जाओ फिर प्रेम वन में
गोपी तुम्हें पुकार रहीं।

राजयोग ये तेरा कान्हा
हमको नहीं लुभाता है,
मुरलीवाला रूप वो तेरा
हर घर पूजा जाता है।

उसी रूप के संग में गिरधर
फिर मधुवन आ जाओ न,
दर्शन – प्यासे हैं जो नैना
तृप्त उन्हें कर जाओ न।

℘

४) मोहन समझो मन की पीर

मोहन समझो मन की पीर
तुम बिन कैसे धरु मैं धीर।
दिन रैना दर्श की तृष्णा
किस विध तृप्ति हो बिन नीर।
मोहन समझो. ....

विरह वेदना भरी हिय में
नहीं भाव से है यह वीर।
सखा तुम्हें माना जब हमने
छोड़ा क्यों बिछोह का तीर।
मोहन समझो. .....

सुख दुख पर हो दृष्टि मनहर
जीवन मेरा तेरी जगीर।
जब जब नाथ तुम्हें पुकारूँ
सदा बढ़ाना मदद का चीर।
मोहन समझो ....

५) तुम बिन सूना है मधुवन

तुम बिन सूना वृंदावन है

तुम बिन सूना है मधुवन

तुम बिन सूना बृजगाँव है

तुम बिन सूना नंदन वन।

तुम बिन सूने ताल तलैया

तुम बिन सूने घट पनघट

तुम बिन सूना अँक मैया का

तुम बिन सूना नंद भवन।

तुम बिन सूने गोपी नयना

तुम बिन सूने सभी चमन

तुम बिन सूना गोकुल आँचल

तुम बिन सूना है कण कण।

तुम बिन सूने बाल वृंद हैं

तुम बिन सूने हैं गोधन,

तुम बिन सूने रास रंग हैं

तुम बिन सूना है जीवन।

☙

६) महक तुम्हारी हमें साँवरे

नित सुबह आती है, नित शाम आती है,
याद तुम्हारी हमें साँवरे दिन रात आती है।

हर सहर भाती है, हर पहर भाती है,
महक तुम्हारी हमें साँवरे हर लहर भाती है।

हर भवन आती है, हर नगर आती है,
छवि तुम्हारी हमें साँवरे हर डगर आती है।

हर पल सताती है, हर क्षण सताती है,
स्मित तुम्हारी हमें साँवरे हर पग सताती हैं।

हर सुख जगाती है, हर दुख समाती है,
डग तुम्हारी हमें साँवरे हर पथ दिखाती हैं।

☙

७) मोहन तुम थे एक मुसाफिर

मोहन तुम थे एक मुसाफिर
हमको कभी नहीं ज्ञान हुआ,
इक दिन तुमको जाना होगा
इसका तनिक नहीं भान हुआ।

नँदबाबा ने गोद खिलाया
मैया से ममता पान हुआ,
माखन ग्वालिन का चुराया
गोपिन सँग रास महान हुआ।

प्रेम राधिका ने बरसाया
तू कृष्णा मीत जहान हुआ,
सुदामा मित्र रूप में भाया
मित्रता का भी सम्मान हुआ।

चौरासी कोस का बृजमँडल
तुम्हारा लीला स्थान हुआ,
तुम सा मुसाफिर मिला बृज को
जिससे यह पावन धाम हुआ।

॰

८) हे वंशीधर! तेरी वंशी

हे वंशीधर! तेरी वंशी
किस्मत कैसी लायी है,
बनी काठ की होकर भी यह
मन तुम्हारे भायी है।

चाहा जैसा साथ तुम्हारा
मुरली ने वो पाया है,
अधरों पर अधिकार तुम्हारे
कर्मों में लिखवाया है।

तेरी मधुर श्वास ने उसमें
मधुरिम स्वर सँचार किया,
मधु - सा सरस प्रेम का उसने
मधुर - मधुर है गान किया।

उसी प्रेम का अंश मात्र भी
कान्हा मुझको मिल जाए,
कुछ चाहत न शेष रहेगी
जीवन मेरा तर जाए।

✿

९) नेह की पीड़ा

जब गमन तुम्हारा होना तय था
क्यों गोपी में नेह जगाया था,
कान्हा तुमने नेह की पीड़ा का,
क्या मर्म कभी न पाया था।

इस पीड़ा का निर्मोही कान्हा
अहसास यदि तुम कर जाते,
नहीं विरह – अग्नि में हमको
गोकुल छोड़ गमन कर पाते।

तुम क्या जानो नेह की पीड़ा
दुख कितना हमको देती है,
निशदिन नितक्षण छवि तुम्हारी
ह्रदय में समायी रहती है।

१०) मेघा क्यों बृजगाँव में आए

मेघा क्यों बृजगाँव में आए
नहीं तनिक तुम हमको भाए

उलट पैर अभी जाओ पुरी को
जहाँ राज मोहन मन छाए।

कहना उन बिन ऊसर मधुवन
नहीं चहकता अब नंदनवन
सूना सूना सब बृजमंडल है
नहीं महकता है वृंदावन।

साँवरिया के मधुर मिलन बिन
मेघ ऋतु भला किसे सुहाए
ले जाओ संग बदरी अपनी
क्यों व्यर्थ तुम मधुपल गवाए।
मेघा क्यों बृजगाँव में आए. .

૦ঌ

११) कान्हा भूल गये मधुवन को

हृदय प्रेम की ज्योति जलाकर
कान्हा भूल गये मधुवन को।
मधु मुरली की तान सुनाकर
रोग विरहा दिये सखियन को।

गोपी पल पल राह निहारें
अँखियाँ बरस रही दर्शन को।
न पाती न संदेश संचरित
जो जाने तेरे अँतःमन को।

इक बार आ जाओ साँवरे
समझो हमरी मन बतियन को
कह दो सुमिरन तुम्हें हमारा
तरस रहे तुम नँद बगियन को।

१२) नीरस में भी रस मिलता है

नीर वेदना से बहता है
नीरस में भी रस मिलता है।।

जीवन सतत सरस बहता यह
भले दूरियाँ हों प्रियवर से
विरहा मन कविता कहता यह
सुमिरन जुड़ा रहे मनहर से
तब सुंदर लगने लगता है।
नीरस में भी रस मिलता है।।

चाहे तपस भले कितनी हो
जख़्मों से रिश्ता बन जाता
चाहे अगन लगी कितनी हो
विरहा गीत मधुर, मन गाता
भले तपन से मन तपता है
नीरस में भी रस मिलता है।।

लगे वियोग भी मधुमय सा ही
जब प्रिय स्मृति संग होती है,
पर चुभे दूरियाँ कंटक सी बन
जब निशा गहराने लगती है,
समय गति अपनी ही चलता है
नीरस में भी रस मिलता है।।

☙

१३) लाज रखे मुरलीवाला

सुख में दुख में याद करें जो
लाज रखे मुरली वाला।
विपदाओं में घिरे कभी ना
वो है जिनका रखवाला।

पीड़ा सबके मन की जाने
वो मुकुट मोर पँखी वाला
अपनी एक मधुर सी स्मित से
सँकट सदा हरने वाला।

जब जब उसे पुकारा जिसने
उसने विपदा को टाला
है दयालु वंशीधर जिसके
सजे संग राधे बाला।

१४) क्यों तुमसे नेह लगाया है!

तुम निर्मोही योगी कान्हा
क्यों तुमसे नेह लगाया है,
बहुत समझाया इस हृदय को
समझ कुछ नहीं यह पाया है।

बिन सोचे जो नाता जोड़ा
क्यों उसमें ही सुख आया है?
क्यों तेरा ही नाम जपा है

कुछ और न मन को भाया है।

गोपियों संग रास रचाकर
प्रेम का रंग बिखराया है,
मीठी मीठी तान सुनाकर
जड़ चेतन सब हर्षाया है।

☙

१५) श्याम मेघ गगन हैं छाए

श्याम मेघ गगन हैं छाए
सावन मास हिय अति भाए
पहन धरा भी धानी चूनर
अपने यौवन पर इतराए।

पवन सुहाने स्वप्न जगाए
साथ पिया का मन है भाए
डाल डाल झूले लहराएँ
सखियाँ गीत मिलन के गाएँ।

खेत धान क्यार मुस्काए
झूम झूम मनवा हर्षाए।

घर घर अन्न धन बरसेगा
मेघ रितु संदेशा लाए।

१६) काव्यधारा

तुम काव्य मैं धारा तुम्हारी
सहज सरस तुम सँग बहती हूँ
तुम श्याम मैं राधे तुम्हारी
बन प्रीत सदा अँग रहती हूँ।

मन आँगन है वास तुम्हारा
मग्न तुम्हीं में मैं रहती हूँ
शब्द तुमसे मिले वाणी को
नेह भाव कविता कहती हूँ।

१७) हरि जी हर लो पीर हमारी

हरि जी हर लो पीर हमारी
तुम हो जग के पालनहारी।।

मन की सबके तुमने जानी
अरज सभी की मानी सारी,
नाम न तुम सा कोई जग में
जिसने नाव सबको सँवारी।

विपदा गिरि सम शीश उठाए
उन्हें मिटा दो हे गिरधारी।
तुम ही सबके परमपिता हो
तुमसे पूरन आस हमारी।

हरि जी हर लो पीर हमारी,
तुम हो जग के पालनहारी।।

☙

१८) यादें

जीवन में कुछ ही साथी
बिछड़कर याद आते हैं,
वो खुशी थोड़ी देते हैं
पर ग़म ज्यादा लाते हैं।

दर्द उनसे बिछड़ने का

रह रह कर रुलाता है,
सँग उनके गुजरा हर पल
याद बहुत ही आता है।

कितने महके थे वो पल
जब कभी साथ चलते थे,
समय भी पँख लगाता था
जब वही पास रहते थे।

यादें उनकी जीवन में
मधुर अहसास देती हैं,
उनके संगी होने का
एक आभास देती हैं।

वो क्यों साथ नहीं मेरे
कसक बस यही बाकी है,
हृदय के एक कोने में
रहे हरपल उदासी है।

कभी आएँगे नहीं वो
यह ज़िन्दगी का सच है,
मन बहुत ही व्याकुल है

वह बड़ा ही नासमझ है।

इक गोपी के जीवन में
वो मनहर बन आते हैं,
मुट्ठी भर प्रेम जताकर
विरह जीवन बनाते हैं।

१९) प्रेमवन की राधा

तुम चले गए हो
कभी न लौट कर आने के लिये
फिर भी तुम्हारा इंतजार
करती हूँ।
जानती हूँ कि
राधा का कृष्ण जब
उसके गोकुल से चला जाता है
तो वह कभी अपनी
उस प्रिया राधा के पास
लौटकर नहीं आता
जिसके विषय में वह
अच्छी तरह जानता है कि

वह राधा उसे अपने हृदय की
प्रेम निधियाँ सौंपे हुए है।
क्या हर युग का कृष्ण
प्रेम वन से गमन कर
कभी न लौटकर आने की
रीति को ही दोहराता रहेगा
और प्रेम वन की राधा
हर युग में उसकी
प्रतीक्षा ही करती रहेगी।

ॐ

२०) शाश्वत प्रेम

दूर क्षितिज पर
धरती अपनी ओर झुके हुए
नीलगगन से पूछती है कि
दुनिया की नजरों से दूर होकर
प्रतिपल मुझसे मिलने का प्रयास करने वाले
हे नीलांबरधारी,
मैं तुम्हारी कौन हूँ!
धरती के इस प्रश्न पर
शांत चित्त नीलगगन के कंठ से

मधुर स्वर में प्रस्फुटित होता है
' प्रियतमा '।
गगन के मुख से निकले
इस शब्द को जब पृथ्वी
अपने कानों से टकराता हुआ
महसूस करती है
तब उसे लगता है
जैसे उसका संपूर्ण अस्तित्व
आत्मा और प्राण सहित
कंपित हो उठा है
वह सिमटकर आकाश के
और समीप पहुँच मानों
उसके आलिंगन में
समा जाना चाहती है।
लेकिन यह क्या?
पृथ्वी को अपनी प्रियतमा
कहने वाला आकाश
उसे अपने हृदय से लगाने का सुख देने के बजाय
उससे और दूर हटता हुआ
प्रतीत होता है।
मानों ऐसा कर वह कहना चाहता है कि
हे मेरी प्रियतमा पृथ्वी!

तुम मेरे और अपने
असीम प्रेम की गहराई को
समझने की चेष्टा करो
संसार में भौतिक प्रेम ही
प्रेम का स्वरूप नहीं होता
वास्तव में प्रेम तो
वह अतल गहराई है
जो प्रमाणित नहीं होती,
मैं तो प्रेम के उस
शाश्वत स्वरूप को ही
स्वीकार करता हूँ जिसे
राधा - कृष्ण ने स्वीकारा था,
उसी शाश्वत प्रेम के साथ मैं
तुम्हारे अस्तित्व में अपनी आत्मा और प्राण सहित
ठीक वैसे ही समाया हूँ
जैसे इस संसार में प्रेम प्रतीक रूप में
राधा में कृष्ण समाये हुए हैं,
अब तुम्ही बताओ
क्या राधा कृष्ण की प्रियतमा नहीं थीं?

ॐ

भाग – ३
देश मेरा है बड़ा निराला

१) ग़ज़ल

हम वतन सजायेंगे
प्यार को बढ़ायेंगे।

देश को बना गुलशन
फूल हम खिलायेंगे।

प्रेम का जला दीपक
रोशनी फैलायेंगे।

अब हटा सियासत को
नफरतें मिटायेंगे।

भेद सब मिटाकर के
बस्तियाँ सजायेंगे।

൪

२) संविधान और मूल अधिकार

आज़ादी के बाद देश में
बना हमारा नया विधान,

गणतंत्र भारत को मिला
अपना एक लिखित संविधान।

बाबा अंबेडकर निर्माता इसके
कानून के थे वो ज्ञाता,
26 जनवरी संविधान हुआ लागू
कहलाए इसके निर्माता।

हैं इसमें अनुसूची बारह
और चार सौ पैंसठ अनुच्छेद
बाइस भागों में ये विभाजित
करता किसी में न कोई भेद।

भाग तीन है बड़ा निराला
देता हमको छ: अधिकार
मानव विकास में सहायक हैं ये
कहते इनको मूल अधिकार।

पहला अधिकार है समानता का
ऊँच नीच का भेद मिटाए
दूजा अधिकार आजादी का
है जीवन रक्षा करवाए।

नंबर तीन अधिकार अनोखा
मानव शोषण है रुकवाता
धर्म की स्वतंत्रता का अधिकार
सर्वधर्म सम्भाव सिखाता।

संस्कृति का संरक्षण कर लो
कहे शिक्षा संस्कृति का अधिकार
संविधान की आत्मा कहलाए
संवैधानिक उपचारों का अधिकार।
अधिकार मिले हैं विकास को
न इनका दुरुपयोग करो
चहुँमुखी विकास कर अपना
देश उन्नति में सहयोग करो।

☙

३) देश मेरा है बड़ा निराला

देश मेरा है बड़ा निराला
हर मजहब को चाहने वाला,
हिंदू मुस्लिम सिक्ख इसाई
सबको सम हक देने वाला।

भेदभाव नहीं करे किसी से
देखे सबको एक नजर से,
शरण में चाहे जो आ जाए
घर मैं रख ले उन्हें खुशी से।

आक्रमणकारी या व्यापारी
जिस नियत से जो भी आया,
दामन फैलाकर इसने अपना
सबको आगे बढ़ अपनाया।

पिछली सदियों में थे जो मेहमाँ
आज़ाद देश में अपने हो गए,
जो संस्कृति के संहारक थे
वो शहंशाह उद्धारक हो गए।

ऐसा अनूठा देश है मेरा
गैर इसे न कोई लगता है,
जो भी इसमें बस जाए
उसको अपना कहता है।

☙

४) नहीं सरल राजत्व निभाना

नहीं सरल राजत्व निभाना
राजन तुम्हें समझना होगा,
राजतिलक होते ही तुमको
राजधर्म को जीना होगा।

एक यज्ञ सा राजा का जीवन
जो जनहित आहुत ही होगा,
विचार सभी वर्गों का तुमको
धीरज धर सुनना ही होगा।

अनगिन भूपति हुए देश में
उसी क्रम में स्वयं को मानो,
बंजर भू में प्रजाहित उन सम
हल जोतना सीखना होगा।

लोभ रहा न राजपाट का
ऐसे भी युवराज हुए हैं
राज्याभिषेक को त्यागकर
क्यों वन गये समझना होगा।

पिता पति के दायित्वों की
राजधर्म पर बलि चढ़ती है,
सिया त्याग पुरुषोत्तम का
आसां इतना हुआ न होगा।

ॐ

५) क्षत् से रक्षा करती है जो

वह क्षत्राणी कहलाती है
क्षत्राणी की गौरव गाथा
ग्रंथों में गायी जाती है।

पौराणिक युग से ही उसने
यश पताका फहरायी है
गंगा – पार्वती सी हिमकन्या
जग कल्याणी कहलायी हैं।

केकैयी कौशल्या और सुमित्रा
श्रुतकीर्ति मांडवी उर्मिला सीता।
सतयुग की सब महा रानियाँ
जिनके बल रघुकुल सदा जीता।

सत्यवती अंबालिका कुंती
माद्री गांधारी द्रोपदी उत्तरा
शक्ति का पर्याय सभी थीं
रुक्मणि हो या रानी सुभद्रा।

यमराज से जो लड़ जाए
क्षत्राणी वह सावित्री है,
हरिश्चंद्र का जो साथ निभाए
क्षत्राणी वह तारामती है।

मीरा भगवन की दीवानी
सुकोमल राजकुमारी थी
षड्यंत्रों से नहीं वह हारी
बनी भक्ति की महारानी थी।

राष्ट्र और सतीत्व की रक्षा
क्षत्राणी स्वयं निभाती है,
बद्नीयत सुल्तानों के आगे
नहीं वह शीश झुकाती है।

पद्मिनी हो या रानी हाँडी
पन्नाधाय या अहिल्याबाई,

कर्मवती हो या दुर्गावती
चारुमती या जीजाबाई।

फूलकुँवर और मनीमाता
रत्नकुमारी या ताराबाई,
शौर्य त्याग वीरता इनकी
बादशाहों से थी टकराई।

अंग्रेजी हुक्मों को नहीं माना
ऐसी थी झाँसी की रानी,
ले रणक्षेत्र में आयी उनको
आजादी युद्ध की वो क्षत्राणी।

रानी जिन्दा और ईश्वरी देवी
सुभद्रा कुमारी और तपस्विनी
नवयुग की ये नव चेतना,
मुक्ति समर की थीं तेजस्विनी।

अवसर मिलते ही क्षत्राणी
अपना कर्तव्य निभाती है
क्षत्राणी की गौरव गाथा
ग्रंथों में गायी जाती है।

६) देश प्रेम पर दोहे

मैं भारत की भारती, भारत मेरा देश।
है प्रभु से यह कामना,नहीं यहाँ हों द्वेष।

प्रेम पले सबमें यहाँ, न हो कोई कलेश।
जाति पाँति सब भूलकर, माने एक स्वदेश।

हिंदू मुस्लिम मिल गले,बाँटें अपना प्रेम।
मंदिर मस्जिद भूलकर,मन हो जाए हेम।

राष्ट्र धर्म सर्वोच्च है,आज सभी लो जान।
मत -मतांतर भेद न हो,बात यही बस मान।

भारत धरती स्वर्ग है, मन में यह अभिमान।
जन्म यहाँ फिर से मिले,मेरा है अरमान।

भगवन मेरे देश को, दे दो यह वरदान।
फिर से हो यह विश्व गुरु, हो बस ऊँची शान।।

वोट बैंक के नाम पर, हो जनता संग घात।
प्रभु कुछ ऐसा कीजिए, बढ़े प्रेम दिन रात।।

भारत वर्ष अखण्ड हो, एक यही है आस।
स्वप्न सलोना पूर्ण हो, जगे हृदय विश्वास।।

तेरा मेरा त्याग कर, बने एक परिवार।
शत्रु सदा डरता रहे, स्वयं मान ले हार।।

सभी वर्ग मिलकर रहें, हो सबका सत्कार।
राष्ट्र शांति पथ चले, संविधान अनुसार।।

७) हे सत्य कहाँ छिपे हो तुम!

हे सत्य कहाँ छिपे हो तुम
अपने से ही मुँह मोड़े।
प्रतिद्वंद्वी ये झूठ तुम्हारा
तुम्हारे ही सिर चढ़ बोल रहा है,
तुम्हें चाहने वालों के इस देश में
अपनी ही धुन चला रहा है,
क्यों उस प्रतिद्वंद्वी के आगे
अपनी अस्मिता खोए हो तुम।
हे सत्य कहाँ छिपे हो तुम!

क्षेत्र सामाजिक हो या धार्मिक
आर्थिक हो या राजनीतिक,
हर जगह झूठ का बोलबाला है,
जो मुख में लाना चाहे तुमको
लगा उसके होंठों पर ताला है,
क्यों पाखंडी झूठ के आगे
अपनी छवि धूमिल किए हो तुम।
हे सत्य कहाँ छिपे हो तुम!

यदि आज भी तुम अपने ही
असली रूप में आ जाओ,
अनेक हरिश्चंद्र और गांधी तुमको
अपने मन मंदिर में बसाएँगे,
और तुम्हारा ही आश्रय लेकर
उस प्रतिद्वंद्वी को दूर भगाएँगे,
हे सत्य! कहीं खो न देना
इस परिवेश में अपनी पहचान तुम।
हे सत्य कहाँ छिपे हो तुम!

෴

८) नोट बने कागज के पत्ते

हर गली और हर नुक्कड़ पर
आज यही एक शोर है,
नोट बने कागज के पत्ते
फुटकर बन गए सिरमौर हैं।

बच्चों की गुल्लक खर्च उठाए
तिजोरी बनी आज चोर है।
पूजी जाती थी जो लक्ष्मी सम
अब चलता न उसका जोर है।

नोटों की चतुरंगिणी सेना में
कल तक थे जो राजा रानी,
विधि की मार पड़ी ऐसी देखो
पीये न उनसे आज कोई पानी।

☙

९) राजपथ पर चमका वैभव

राजपथ पर चमका वैभव
उसका मान सजाना है,
भारत के बढ़ते कदमों को
हमको और बढ़ाना है।

शाहीपथ पर बढ़ी परेड की
शान अजब निराली थी,
देख झलक गतिमय भारत की
प्रकृति भी मतवाली थी।

विमान 'तेजस' ने तेज दिखाया
तोप 'धनुष' की दिखी धमक,
सभी प्रदेशों ने की प्रगति है
झांकियों में दिखी यही झलक।

सेना की बढ़ती क्षमता से
दुश्मन भी काँप उठे होंगे,
सीमा सुरक्षा बल के दस्ते से
घुसपैठिये भी कुछ डरे होंगे।

छात्रों ने भी अपने हुनर के
बिखराये अनेक मोहक रंग,
इस परेड का हिस्सा बनकर
खुश था उनका अंग प्रत्यंग।

धरती से अंबर तक देश के
चप्पे चप्पे पर पहरा था,
बड़ी शान से राजपथ पर
ध्वज राष्ट्र का फहरा था।

विदेशों में भी अब इमारतें
तिरंगे में रंग जाती है,
ऐसा सुंदर वैभव भारत का
सुन धरती भी हर्षाती है।

१०) दिवस अंक – 14 अगस्त

आओ शोक मनाएँ हम भारत वासी
अगस्त मास की सबसे अशुभ तिथि पर,
क्योंकि यह वर्ष गाँठ है

भारत की अखंडता खंडित कर
अपने अस्वस्थ प्रतिद्वन्द्वी को
जन्म देने की।
यह दिवस है उस पराजय घोष का
जो शहीदों व मनीषियों के
अखंड भारत को लहूलुहान कर
पाकिस्तान के रूप में घोषित हो गयी।
आज़ादी से एक दिन पूर्व
पड़ोसी के रूप में उभरा यह देश
मेरे भारत को दर्द देने का
अवसर कभी नहीं छोड़ता।
क्रांतिकारियों के संघर्ष,
वीर शहीदों के बलिदान,
नरम विचारों की विधि संगत लड़ाई,
गरम विचारों की रोषपूर्ण क्रांति ;
इन सब कृत्यों के बदले में मिला
पुरस्कार या दंड है ये पाकिस्तान।
हमें दुख होना ही चाहिए
अपने अखंड भारत की अखंडता के
खंडित होने का,
अपने अविभाज्य भारत के
विभाज्य हो जाने का।

हे ईश्वर! एक दिन सचमुच
14 अगस्त के बाद एक ऐसी
15 अगस्त आए जिसमें
मेरा भारत अपनी 1947 से पहली
अखंडता को जीने लग जाए
और उसका आँचल गर्व से
लहराता हुआ हम भारतीयों को
आत्मिक गर्व अनुभूत करवाए।

☙

११) राजन हमें बताओ तुम!

कितने सैनिक अभिमन्यु सम
बलिदान हमें करने होंगे?
कितनी माँओं के आँचल
ऐ शासन!
सूने हमें सहने होंगे?
कब तक नव वधूएँ उत्तरा सम
खून के आँसू बहाएँगी?
कब तक भारतभूमि पर बहनें
भाइयों की भेंट चढ़ाएँगी?
क्या उत्तर है इन प्रश्नों का

राजन हमें बताओ तुम!
तुष्टिकरण में राष्ट्र शक्ति की
ऐसे न भेंट चढ़ाओ तुम!
कभी आतंकी कभी नक्सली
ये दानव शीश उठाते हैं
सोते व भोजन करते वीरों की
पीठ पर हमला कर जाते हैं
कब तक इन दानवों की
ऐसे हिम्मत बढ़वाओगे
कब घाटी के जयद्रथों पर
कड़े कदम उठाओगे?
मूक असहाय बनकर कब तक
अभिमन्यु को पत्थर मरवाओगे
उत्तर दे दो अब जनता को
कब सेना के,
बंधे हाथ खुलवाओगे?

☙

१२) वे बलिदानी मस्ताने थे

राजगुरु सुखदेव भगत सिंह
आजादी के दीवाने थे,

हँसते हँसते गए फँदे पर
वे बलिदानी मसताने थे।

इंकलाब का नारा देकर
वो नयी चेतना लाये थे
देश प्रेम की ज्योति जलाकर
सरदार वही कहलाये थे।

नाम शिवराम हरि राजगुरू
वेदों और ग्रन्थों के ज्ञाता,
छापामार युद्ध शैली से
था उनका नजदीकी नाता।

सुखदेव थापर भगत सिँह ने
संग संग दीक्षा पायी थी,
लाजपत की हत्या के बदले
साण्डर्स की बलि चढ़ायी थी।

साहस का पर्याय थे तीनों
भारत माँ भूल न पाएगी
ऐसे शहीदों की कुर्बानी
युग युग तक गायी जाएगी।

१३) सुभाष चन्द्र भारत भूमि पर

सुभाष चन्द्र भारत भूमि पर
फिर नेताजी बन आ जाओ,
राष्ट्रवाद को भूली जनता में
एक बार जोश जगा जाओ।

जाति धर्म में बिखरे जन
देशहित को भूल रहे हैं,
खून जो तुमने उनसे माँगा
उसे वर्गभेद में जला रहे हैं।

सीमा पर हमले की सुन हलचल
सामयिक देशप्रेम उमड़ता है,
नवनेताओं की बयानबाजी में
वो पल भर भी नीं टिकता है।

अब स्थायी देशभक्ति का मंत्र
यहाँ जन गण मन को दे जाओ,
सुभाष चन्द्र भारत भूमि पर
फिर नेताजी बन आ जाओ।

಼

१४) अमर रहे गौरव सेना का

अमर रहे गौरव सेना का
नित सम्मान बढ़ाती जाए।
गर्व से शीश उठा सकें हम
विजय ध्वज फहराती जाए।
जाकर दुश्मन की धरती पर
नाकों चने चबाती जाए।
अमर रहे गौरव सेना का
नित सम्मान बढ़ाती जाए।
निर्दोषों को जिसने मारा
बदला उससे लेकर माने,
जनमानस रहा साथ तुम्हारे
हार न तुम बिलकुल माने।
पिछला हिसाब चुकाने का
अवसर है अब पाए तुम,
छूट न जाए अरि हाथों से
अब ऐसी चालें चलते तुम।
देश की माटी के कण कण से
आवाज़ यही एक अब आए,
जिसने घायल किया घाटी को
घाव उसके भी सूख न पाए।

अमर रहे गौरव सेना का
नित सम्मान बढ़ाती जाए।

೮೩

१५) समय बुला दो

समय बुला दो सुभाष चंद्र को वो
'जय हिन्द' गा कर जोश भरें,
खून के बदले आजादी दे दें
जनता का सब प्रलाप हरे।
समय बुला दो भगत सिंह को
वो इंकलाब फिर ले आए,
जिंदाबाद मातृभूमि को
घाटियों में भी कर जाए।
समय बुला दो रानी लक्ष्मी को
वो जोश बहनों में भर जाए,
अपनी धरती की रक्षा हित
मान न उसका गिरा पाए।
समय क्यों तुमने असमय ही
अगणित क्रांतिवीरों को छीना,
उन बिन मेरे देश की धरती
हुई वीरता भूषण हीना।

यदि वे न जाते असमय तो
देश मेरा न बिखरा होता,
सत्ता मद में खोने वालों का
यहाँ न कोई बसेरा होता।
बीते समय आज आकर देखो
शर्म तुमको भी आ जाएगी,
जब 'वंदे मातरम्' कहने पर भी
रोक नजर यहाँ आएगी।
तिरंगे को सलामी देने से भी
एक धर्म जहाँ खंडित होता है,
मातृभूमि का वंदन भी अब
एक धर्म से जोड़ा जाता है।
क्या हो गया है आर्यवर्त को
नहीं क्रांतिवीर शीश उठाते हैं,
परोपदेश देकर के सब
स्वयं पीछे हट जाते हैं।
हिन्दू मुस्लिम सिक्ख इसाई
ऊपर से तो दिखते भाई हैं,
सच पूछो तो नेतृत्व ने इनमें
बोयी एक गहरी खाई है।
समझ नहीं आता क्या होगा
बिखराव ये कैसे संभलेगा?

टूट रहे जन मनोबल को
कैसे नेतृत्व कोई जोड़ेगा?
कौन वो क्रांतिवीर होगा
जो दायित्व अपना निभाएगा,
बिखरे हुए अखंड भारत को
फिर मुक्ताहार बनाएगा।

℃

१६) आतंकवाद

एक वाद ऐसा भी दुनिया में
जो मानवता संहारी है,
इंसां की साँसों से ज्यादा
दानवता जिसको प्यारी है।
वो आतंकवाद ही है जिसने
एक मजहब को बदनाम किया
बच्चों को भी नहीं देखा जिसने
विद्यालय में ही संहार किया।
विकसित हो या विकासशील
धर्म निरपेक्ष हो या सापेक्ष
कोई देश न इसने छोड़ा है,
अमरीका से लेकर भारत तक

सब पर हमला बोला है।
कोई मजहब न ऐसा चाहेगा
आतंक फैलाकर दुनिया में
तुम उसका प्रसार करो,
आसमान से धरती तक तुम
मानव का संहार करो।
मानव तो आखिर मानव है
दुनिया उससे ही चलती है,
आतंकवाद के भय से भला
क्या प्रगति भी रुक सकती है?
कौन समझाए इस वाद को
करनी को अपनी बंद करो,
जियो चैन से दुनिया में तुम
और चैन से सबको जीने दो।

❧

१७) गाँधी एक बार भारत में

गाँधी एक बार भारत में
फिर से आकर देखो तो,
जो फसल तुम बोकर गये
उसको आकर सींचो तो।

सत्य – अहिंसा तो देखो
किताबी नारे लगते हैं,
सुनने में ये दोनों ही
बहुत भले से लगते हैं।
जनता इनको तो केवल
मतलब से गले लगाती है,
प्रेम की महिमा तो जाने
किन गलियों में मिलती है,
इंसाँ को इंसाँ पर
दया नजर न आती है।
सच मानों तो गली गली में
नफरत घर बसाती है।
गांधी आओ बचा लो तुम
तुम अहिंसा के पुजारी थे,
मनसा वाचा तुम ही तो
गीत अहिंसा का गाते थे,
तुमको तो विश्वास बहुत था
अपने इन हथियारों पर,
फिर कैसे ये देश तुम्हारा
इस दलदल में रहा फँसकर।
कैसे निकलेगा इन सबसे
आकर जरा बताओ तुम,

राष्ट्रपिता घर को अपने
आकर अब संभालो तुम।

☙

१८) देख जवानों की कुर्बानी

देख जवानों की कुर्बानी
आज तिरंगा भी रोया है।
जाग उठा जनमत भारत का
बीज एकता का बोया है।
रोष है छाया अब लो बदला
शोर मचा है अब करो हमला।
भावुक हर दिल हो रहा है
खून के आँसू रो रहा है।
देश की संसद तुम भी जागो
दल दल के विरोध को त्यागो।
एकमत होकर आदेश करो
जनमत का सब रोष हरो।
बार बार यूँ खूनी हमला
जनता सह न पाएगी,
आखिर कब तक दानवता से मानवता,
अहिंसा के चोले में मुँह छिपाएगी?

कितनी बलि दे दीं निर्दोषों की
कितनी और अभी देनी हैं?
संसद बतला दो अब सेना को
क्या भूमिका उसे निभानी है।
आदेश करो बदला लेने का
हड़पी भूमि भी अब ले डालो,
अखंड करो फिर से भारत को
वीरता अपनी सजा डालो।
देश के जवानों की वीरता
उनका सुंदर गहना है,
मातृभूमि की रक्षा हेतु ही
उसको उन्होंने पहना है।
कायरों के हाथों सोते हमले में
व्यर्थ न उसको जाने दो,
मातृभूमि की रक्षा का सपना
उनका पूरा होने दो।

☙

१९) अतीत की दस्तक

एक दिन
मेरे देश का अतीत
मुझसे आकर कहता है कि
देखो, मैं अपने समय में
हर रूप में
तुम्हारे वर्तमान से सुदृढ़ था,
मेरे समय में
सत्यवादी, पुरुषोत्तम और कर्मयोगी
जैसे विशेषणों के योग्य
राजा हरिश्चंद्र, राम और
कृष्ण जैसे राजा हुए हैं,
जिनकी जन्मस्थली को
आज भी तुम
तीर्थस्थली मानकर पूजते हो,
मैंने तुमको
महात्मा बुद्ध और महावीर जैसे
अहिंसक भी दिये हैं
जिनके सिद्धान्तों को अपनाकर ही
तुमने ब्रिटिश सत्ता की जंजीरों को तोड़
स्वतंत्रता के मन्त्र को

प्राप्त किया है।
मैंने ही तुमको विभिन्न
कलाप्रिय शासक भी दिये हैं
जिनकी सुंदर इमारती निर्माण कला ने
तुम्हारे वर्तमान को भी
सांस्कृतिक रूप से
सजाया और सँवारा है।
हे भारती! मैं तुमसे
कोई भी प्रश्न न करके अंत में
सिर्फ यही जानना चाहूँगा कि
क्या तुम मेरी इस दस्तक से
अपने देश के वैचारिक और
सांस्कृतिक रूप से सुदृढ़ अतीत से
कुछ शिक्षा ग्रहण करोगे?

२०) गीतिका

दुनिया अमन की बसाना चाहती हूँ
ग़म को खुशी से हराना चाहती हूँ।

नज़र न आये कोई दुश्मन मुझे तो

प्रेम का दरिया बहाना चाहती हूँ।

ग़ैर नहीं यहाँ सब अपने ही तो हैं
सारे ज़हां को सिखाना चाहती हूँ।

फ़ैलाओं न नफ़रत सियासी गली से
वतन है हमारा बचाना चाहती हूँ।

दुआ करें सभी आवाम के लिये ही
भेद भाव दिल से मिटाना चाहती हूँ।

२१) लोकतंत्र को मजबूत करो

चुनाव आयोग ने शंख बजाया
सुन लो जनता सारी,
लोकतंत्र की शान बढ़ा दो
आयी तुम्हारी बारी।
अपने अपने मत स्थल पर
पहुँच जरूर तुम जाना,
निष्पक्ष और निडर होकर
मत अपना देकर आना।

चाहे कितना कोई दबाव बनाए
नहीं लालच में है आना,
निःस्वार्थ मतदान कर अपना
स्वस्थ परिणाम के भागी बनना।
चाहे कितनी भी हो मजबूरी
है वोट डालना बड़ा जरूरी,
मतदान का फर्ज निभाकर
दूर करो सरकारी कमजोरी।
मतदान है अधिकार तुम्हारा
उसका तुम सदुपयोग करो,
सही जगह पर देकर इसको
लोकतंत्र को मजबूत करो।

२२) दोहे

माधव मेरे देश में, आओ फिर इक बार।
पथविहीन जनतंत्र में, भरो धर्म का सार।।

मानव दानव की यहाँ, नहीं रही पहचान।
दोनों एक समान हैं, सके न कोई जान।।

आर्यावर्त की नाव तुम, पार लगाओ आज।
मातृभूमि है आपकी, आप बचाओ लाज।।

☙

२३) वेदभाषा की बेटी हूँ

वेद भाषा की बेटी हूँ,
मान की अधिकारी हूँ
अंग्रेजी के बढ़ते ओहदे से
बन गई आज बेचारी हूँ।।
विद्या के मंदिर में भी
हुई आज अनजानी हूँ,
दूजी भाषा है मुझ पर हावी
मैं मानो कोई बेगानी हूँ।
वैश्वीकरण के नाम पर
सबने मुझको पीछे छोड़ा है।
गले लगाया अंग्रेजी को
मुझसे तो मुँह मोड़ा है।
सच्चाई तो यह है भारत में
हिन्दी सिर्फ आदर्शों में जीती है,
यथार्थ में तो मेरी भावी पीढ़ी भी
बस अंग्रेजी में ही पढ़ती है।

मान बढ़ाना है अगर मेरा तो
एक देश एक भाषा का नारा
बुलंद तुम्हें करना होगा,
राजभाषा बना हर प्रांत की
हिन्दी को ही अपनाना होगा।

೮೩

२४) तिरंगा

केसरिया साहस भर जाए,
श्वेत शांति दूत बन आए,
आए हरा खुशहाली लेकर
चक्र आगे बढ़ना सिखलाए।

आओ तिरंगा मजबूत बनाएँ
गीत गर्व से हम यह गाएँ,
दुनिया में इसका मान बढ़ाएँ
नित नित ऊँचा करते जाएँ।

೮೩

भाग – ४
ममता के स्वर

१) यशोदा की ममता

मैया तेरा नटखट लाला
किशन द्वारिकाधीश बना
कल तक जिसने मटकी फोडी
आज वही जगदीश बना।।

कैसा माखन दिया, यशोदा!
राजबुद्धि उसको आयी,
कैसे पाठ पढ़ाये उसको
राजशक्ति उसने पायी।।

मैया तुम थी जादूगरनी!
हमको तनिक न भान हुआ।
नहीं पता था तेरे आँगन,
योगी कृष्ण महान हुआ।।

ममता तेरी पावन - भावन,
जिसका जग में तोल नहीं।
जगहित में जिसका तुमने तो -
किया कभी भी मोल नहीं।।

२) भगवन तूने माँ को बनाया

भगवन तूने माँ को बनाया
कैसा कृपा धन महकाया,
तेरा कैसे करूँ शुक्रिया
ऐसा ममता जल बरसाया।
बन निर्मात्री संस्कारों की
उसने घर संसार बसाया,
देकर शिक्षा स्व शिशु को
मानवता का पाठ पढ़ाया।
क्या खाना है, क्या पीना है
क्या पढ़ना है, क्या गुनना है
क्या कहना है, क्या सहना है
कब सोना है, कब जगना है
जीने का सब ढंग बतलाया।
भगवन तूने माँ को बनाया
कैसा कृपा धन महकाया।

☙

३) बेटी आ रही है आज

जब से सुना है पापा ने
कि बेटी आ रही है आज,
खुशी आँखों में समायी है
उमंग हृदय में छायी है,
लगे हैं तैयारी में
पसंद का सामान जुटाने में,
वो इतने खुश नजर आएँ
खशी हृदय में न समा पाए,
आँखों से छलक जाए
होठों पर उतर आए,
वो यादें ताजा करते हैं
बेटी की बातें बतातें हैं,
वो गाड़ी आने से पहले ही
स्टेशन पहुँच जाते है,
कितनी देर है आने में
बस ये ही बाट जोहते हैं,
बेटी की प्रतीक्षा का
पल पल भारी लगता है,
गाड़ी विलंब होने पर
समय मुश्किल से कटता है,

खुशी का नहीं ठिकाना है
जब बिटिया को देखा है,
सिर पर हाथ फिरा करके
हृदय से लगाया है,
कितने दिनों में आयी हो
प्रश्न ये ही उठाया है,
कितनी कमजोर हो गयी हो
ध्यान अपना नहीं रखती हो,
चलो घर अब जल्दी से
माँ राह देखती है,
तुम्हारे स्वागत में वो
पलकें बिछाए बैठी है,
तुम्हारी पसंद के खाने से
रसोई आज सजायी है,
बड़ी ममता से उसने आज
चीजें सब बनायी हैं।
बेटी आज बहुत दिनों में
माँ के घर आयी है,
पति की इजाजत लेकर वो
पिता से मिलने आयी है,
बेटी आज बहुत दिनों में
माँ के घर आयी है।

४) मेरा सौर मंडल

इस दुनिया की छोटी सी
आकाश गंगा में
एक नन्हा सौर मंडल है मेरा।
मेरे प्रिय वर हैं सूरज उसके
मैं उनसे रोशन धरती हूँ,
उनसे ही है अस्तित्व मेरा
मैं उन पर निर्भर करती हूँ।
बेटा मेरा चंद्र सम है
वो मुझ से ही आशा करता है,
मैं धरा हूँ वो उपग्रह मेरा
बस मेरी परिक्रमा करता है।
अमर रहे यह मेरा सौर मंडल
बस यही कामना करती हूँ
प्रभु इसकी रक्षा करना
बस यही प्रार्थना करती हूँ।

℆

५) माँ के हाथ की रोटी

नहीं विस्मृत होता कभी
माँ तुम्हारी रोटी का स्वाद।
सिखलायी तुमने ही मुझको
पर आया कभी न वो स्वाद।
आकार वही, प्रकार वही
निर्माण का सामान वही
फिर भी जाने क्यों माँ इसमें
तुम्हारे हाथों वाली बात नहीं।
कुछ तो समझ आया है मेरी
क़्यों आता ऐसा स्वाद नहीं
जितनी ममता भरती थीं तुम इसमें
शायद मैं करती, खुद से इतना प्यार नहीं।

६) शिक्षक से एक माँ की अपेक्षा

एक माँ अनेक सपने संजोकर
अपने बच्चे को विद्यालय भेजती है,
वह सोचती है कि
उसका बच्चा वहाँ जाकर

सीखेगा जीवन की अच्छाइयों को,

पढ़ेगा जिन्दगी की सच्चाइयों को,

यहीं से वह शुरू करेगा

अपने साथी बनाना और उनको पहचानना,

यहीं से वह सीखेगा माँ के अतिरिक्त

दूसरों पर भी विश्वास करना।

पहला विश्वास करेगा

अपने पहले शिक्षक पर,

वह मानेगा कि

उसके शिक्षक ने जो सिखाया है

वह ही सब सही है

बाकी सब गलत,

फिर उस पर वह इतना विश्वास

करेगा कि

माँ की बात भी उसे गलत लगने

लगेगी।

यह सच है कि

शिक्षक पथ प्रदर्शक है -

एक शिशु का, एक बालक का

उस बालक का जिसे भविष्य में

एक मनुष्य बनना है,

उस बालक का जिसे भविष्य में एक नागरिक बनना है,

उस बालक का जिसे भविष्य में एक संचालक बनना है ;
संचालक किसी देश का,
विश्व का या मानवता का।
हर माँ चाहती है कि
उसका अबोध बालक
भविष्य में बड़ा होकर जब
विद्यालय से बाहर आए तो
वह सच्चे अर्थ में
सुबोध होकर आए ;
जिससे वह मानवता का वाहक बने और
माँ के संजोए सपनों को पूरा करे।
एक माँ की यही अपेक्षा है कि
उसके अबोध बालक का शिक्षक
जिस पर वह अपनी माँ से भी
ज्यादा विश्वास करता है
ऐसा हो, जो उसे सही ज्ञान दे
जैसे माँ उसका पालन
पौष्टिकता से पूर्ण
भोजन देकर करना चाहती है
वैसे ही शिक्षक उसे
ऐसी शिक्षा और ज्ञान दे,
जो उसके सर्वांगीण विकास में

सहायक हो।

&

७) पापा के लिये

हाथ पकड़कर पापा ने, हर पथ चलना सिखलाया।
न हटना पीछे संकल्पों से, ऐसा पाठ पढ़ाया।
साथ खड़े पाया है उनको, जब भी मन घबराया।
विपदाओं को सदा उन्होंने, हँसकर दूर भगाया।

&

८) माँ तुम सबसे प्यारी हो

माँ तुम सबसे प्यारी हो
सारे जग से न्यारी हो
हर जीवन उजियारी हो
सुत पर सब कुछ वारी हो।

ममता नित बरसाती हो
स्वहित कभी न चाहती हो
परहित सदा लुटाती हो
सबकी खुशी मनाती हो।

निधि अनोखी धरा की हो
धनी बहु तुम कला की हो
प्रथम गुरु ही मनुज की हो
वाहक सर्व जगत की हो।

९) श्रम देवता

तुम्हारे द्वारा करवाये गये
हर अहसास को
महसूस किया है मैंने,
तुम बनकर मेरी प्रेरक शक्ति
दे जाते हो हर पल
मुझे कुछ ऐसे अनुभव
जो जीवन पथ में आने वाली
हर मुश्किलों को सुलझाने में
मेरे किसी अच्छे मित्र के समान
सहायक होंगे,
हाँलाकि, मैं स्वयं
सम्मिलित नहीं हो सकती
तुम्हारी उन मजबूरियों में

जिन्होंने तुम्हें कठिनाइयों भरे
अनेक अनुभव दिये हैं।
सूरज निकलने से सूरज ढलने तक
तुम्हारे द्वारा किये जाने वाले
श्रम के पश्चात
उसका मनोनुकूल फल भी
जब तुम्हे नहीं मिलता
तब मैं तुम्हारा अधिकार
तुम्हे दिलाने के लिये
तुम्हारे साथ होना चाहती हूँ,
लेकिन किसी मजबूरी का बहाना लेकर
सिर्फ अपनी सहानुभूति को
तुम्हारे साथ कर देती हूँ
जब संध्या ढले घर पहँचने पर
तुम्हारी नन्हीं गुड़िया
ढेर सारी बचपनी आशाओं के साथ
तुम्हारे खाली हाथ देखती है
तब मेरे प्यार दुलार और
ममत्व का अहसास
तुम्हारी उस गुड़िया के साथ होता है,
तुम्हारी पत्नी की पुरानी सी
मटमैली धोती में लिपटे हुए

तुम्हारे गोदी के बालक को देखकर
मन करता है
मैं उसे गोद लेकर
उस भावी नागरिक का
पालन पोषण करूँ
और बचा लूँ उसे विचलित कर देने वाले
दुखों के हर उन थपेड़ों से
जिनका तुम मुझे
कदम कदम पर
अहसास कराते हो।

෮

१०) माँ तो बस माँ होती है

माँ तो बस माँ होती है,
सारा घर जब सो जाता है
मीठे सपनों में खो जाता है
देख सभी को खुश होती है
हो निश्चिन्त तब ही सोती है
माँ तो बस माँ ही होती है।

उठती सुबह सबसे पहले

बिन आहट कोई सुन न ले
कारज अपने निश्चित करके
अरज ईश्वर से वो करती है
जिसे ज़रूरत जो होती है।
माँ तो बस माँ होती है।

माँ कौशल्या सुमित्रा रूप में
राम लखन से भाई देती है
सीता और शकुंतला सम वह
लव कुश भरत से कुल देती है
माँ देवकी सी रक्षक जग में
यशोदा ममता मूरत होती है।
माँ तो बस माँ होती है।।

℘